PARFOIS JE RIS TOUT SEUL

Jean-Paul Dubois est né en 1950 à Toulouse, où il vit actuellement. Auteur de nombreux romans (*Je pense à autre chose*, *Si ce livre pouvait me rapprocher de toi*), d'un essai (*Éloge du gaucher*) et de récits de voyage (*L'Amérique m'inquiète*), il a obtenu le Grand Prix de l'humour noir pour *Vous aurez de mes nouvelles* (Robert Laffont, 1991), le prix France Télévision pour *Kennedy et moi* (Seuil, 1996) et le prix Femina pour *Une vie française* (l'Olivier, 2004). Il est journaliste-reporter au *Nouvel Observateur*.

Jean-Paul Dubois

PARFOIS JE RIS TOUT SEUL

CHRONIQUES

Éditions de l'Olivier

TEXTE INTÉGRAL

La première édition de cet ouvrage
a paru aux éditions Robert Laffont en 1992

ISBN 978-2-7578-0316-5
(ISBN 2-221-07451-3, 1re publication)

À ma mère.

« On se connaît depuis trop longtemps pour commencer à se raconter des histoires maintenant. »

Philip Roth

Bonne chance à Matthieu et Victor.

Châtaigne

Parfois je ris tout seul. Je ris de choses qui ne feraient rire personne d'autre. J'ai déjà perdu des boulots à cause de ça. Je ne peux pas me retenir. La dernière fois, c'était sur un chantier. Je faisais du plâtre au moment où l'électricien a pris une grosse châtaigne en trafiquant des fils. Il était complètement sonné. Alors le chef est arrivé et lui a fait le bouche-à-bouche. De là où j'étais, on aurait vraiment cru qu'il lui roulait une pelle. D'imaginer ces deux gros en train de se palucher, ça a commencé de me faire tordre. Plus je me bidonnais, plus je pensais : « Arrête tes conneries, c'est pas le moment. » J'avais pas fini de me répéter ça que l'adjoint du chef y me dit : « Arrête tes conneries, c'est pas le moment. » C'est ça qui m'a fait exploser. Alors le chef s'est arrêté de souffler dans la bouche de l'électricien et a gueulé : « Foutez-moi ce type dehors. » Je riais tellement qu'il a fallu qu'ils me portent.

Tradition

Chaque fois que je termine un livre, je casse le fauteuil sur lequel je l'ai écrit. Je le pulvérise vraiment en mille morceaux et je m'acharne jusqu'à ce que le siège ne soit plus qu'un tas de brindilles. J'ignore pourquoi je fais cela. Ce que je sais, c'est que mon père a toujours refusé de vendre ses vieilles voitures et les a détruites les unes après les autres en les emboutissant volontairement contre un mur. Ce que je sais aussi, c'est que mon grand-père brisait au marteau la pendule de son salon sitôt qu'elle avait sonné son douzième coup durant la nuit du 31 décembre. Dans la famille, on a toujours agi ainsi. Bien qu'elle n'ait jamais été explicitée, la tradition s'est maintenue. Ainsi, depuis trois ans, j'ai observé que mon jeune fils coupait, avec des ciseaux, le fil du téléphone tous les matins de ses anniversaires. Il est à noter que jamais mon père n'a parlé de ces choses avec mon grand-père. Pas plus que je ne les évoquerai avec mon fils.

Triste

Tu vois, cette tristesse-là, je ne suis pas capable de t'expliquer d'où elle vient. Des fois, je ne pense à rien, je regarde des crayons posés sur une table, ou un téléphone qui ne sonne pas, ou une voiture qui passe, enfin je surveille d'un œil des choses qui ne veulent rien dire. Et tout d'un coup, tu vois, je ne sais pas pourquoi, mais ça vient, je me sens devenir triste.

Branche

C'est à cet arbre que s'est pendu mon père. À cette branche, juste là. C'est moi qui l'ai décroché. J'ai coupé la corde avec mon couteau et il est tombé comme une pierre. Je n'ai pas eu la force de le retenir. Ça fait trente ans aujourd'hui. Ce que j'aimerais, c'est que tu me photographies sous la branche, debout avec mon fusil, que tu nous prennes ensemble, moi et la branche.

Parents

Finalement rien ne s'est passé comme l'avaient prévu mes parents. Ils me prédisaient que je finirais en prison et je viens d'être nommé président de la Chambre de commerce. Ils m'assuraient que l'armée me dresserait et j'ai été réformé. Ils m'affirmaient qu'aucune fille ne voudrait de moi et j'ai épousé le meilleur parti de la ville. Ils me répétaient que je les ferais mourir de chagrin et ils ont disparu dans un accident de voiture.

Fils

Quand j'ai eu mon accident de voiture, juste après le choc, ma première réaction ça a été de me demander : « Est-ce que mon fils est blessé ? » Je le cherchais partout dans la voiture. Je disais aux flics et aux ambulanciers qui me sortaient de la carcasse : « Occupez-vous de mon fils, occupez-vous d'abord de mon fils. » Je les voyais, les gars, ils étaient drôlement embêtés. Ils regardaient partout, dans l'auto, dans le fossé, partout, et ils le trouvaient pas, bien sûr, mon fils. Je dis bien sûr parce que je suis célibataire et que j'ai jamais eu d'enfant. Alors forcément.

Loups

Chaque fois que j'appelais chez elle, je tombais sur son répondeur. Un jour, sachant qu'elle était dans son appartement, je lui ai laissé ce message : « Je suis devant un téléphone cerné par les loups. Il y en a au moins douze. Sachant que je mesure un mètre quatre-vingt-deux et qu'un loup dévore quinze centimètres d'homme à la minute, tu as exactement douze minutes pour me rappeler. » J'ai attendu une heure devant le combiné. Et puis je me suis rendu compte que j'avais oublié de lui donner mon numéro. Faut dire qu'avec tous ces loups autour, je n'avais pas toute ma tête.

Raté

Souvent je pense à ce que j'aurais vraiment aimé faire. Par exemple dévaliser une banque, marquer un essai en finale du championnat, faire du ski nautique avec Arafat. Ou encore traverser le pays dans un avion de chasse, organiser une révolution, interrompre une émission de télévision, foutre une raclée au pape. Rien que des choses comme ça. Quand je pense à tout ce que j'aurais vraiment aimé faire, je me rends compte que j'ai raté ma vie.

Suisses

– Toi qui peux pas saquer les Suisses, je comprends pas que tu te balades toujours avec un couteau suisse dans la poche.

– Ça n'a rien à voir.

– Bien sûr que ça a à voir.

– Bien sûr que non. Toi, par exemple, tu peux pas blairer ta femme et ça fait pourtant vingt ans que tu habites avec elle.

– C'est pas faux.

– Sans compter qu'avec mon couteau suisse équipé avec toutes ses lames, ses scies, ses tire-bouchons, je peux toujours me sortir de la merde. Alors que ta femme, elle serait plutôt du genre à t'y fourrer, dans la merde.

Kennedy

J'ai jamais aimé Kennedy. Par contre j'avais de la sympathie pour sa femme. On voyait qu'elle en savait des choses sur son mari, mais que, d'un autre côté, bien sûr, elle ne pouvait rien dire. Kennedy, quand il est mort, ça ne m'a rien fait, rien. Le monde entier pleurait et moi ça ne me faisait rien. Je me souviens même pas où j'étais quand ils ont annoncé tout ça à la radio. Peut-être que je parlais au téléphone. Ou alors je trafiquais sur la voiture. Je sais plus. Je me souviens plus pourquoi je te parle de Kennedy.

Chiens

Le gosse m'a demandé pourquoi les chiens y restaient parfois collés quand y se montaient dessus. Va-t'en expliquer ça à un môme, toi. En plus j'en savais rien pourquoi y restaient collés, moi, les clebs. Alors je lui ai dit d'aller poser la question à sa mère. Au bout d'un moment j'ai tendu l'oreille pour savoir ce qu'elle pouvait bien lui raconter au gamin. J'ai pas été déçu. Elle disait que ça arrivait quand les clébards s'aimaient très fort, qu'ils ne pouvaient pas se séparer, que c'était leur manière à eux de se serrer dans les bras, le toutim, quoi. Le môme y voulait bien avaler toute cette histoire à la noix, sauf qu'il en revenait toujours à sa question : « C'est par quoi qu'ils sont collés ? » Alors là, ma femme elle m'a épaté. « Par la bite », qu'elle lui a répondu. Et du coup le gosse a éclaté de rire. Et ils se sont esclaffés tous les deux. Laisse-moi te dire que je me suis senti un peu bille. Parce que d'habitude, les trucs sur la bite, c'est plutôt de mon ressort.

Pantalon

La fille me demande pourquoi je n'enlève pas mon pantalon. Au restaurant elle a passé tout son temps à manger bizarrement et à me raconter d'incroyables aventures qui lui étaient arrivées chez son dentiste, des histoires de greffes, de bridges et de couronnes. Depuis, sa bouche pleine de fausses dents me fait penser à un cimetière. C'est pour ça que je n'ai plus envie d'enlever mon pantalon.

Tondeuse

Elle dit des choses graves qui, normalement, devraient me démolir. Elle s'en prend à notre vie, à ce que j'en ai fait. Elle a sans doute ses raisons pour me reprocher tout cela. Ce qu'elle ignore, c'est qu'en ce moment même, au cœur du drame, malgré ses cris et ses reproches, je ne l'entends pas. Assis dans mon fauteuil, la tête légèrement inclinée, je n'écoute que le bruit de la pluie qui rebondit sur les tuiles du toit. Et je pense à toute l'herbe qui pousse. Et à la tondeuse qui m'attend.

Paquets

Ce matin le facteur a sonné à ma porte. Il avait deux paquets à me remettre. L'un contenait un livre, l'autre une boîte de chocolats. J'ai rangé le premier dans la bibliothèque sans même l'ouvrir. J'ai mangé les seconds jusqu'au dernier. Ensuite j'ai été malade comme un chien. Entre deux nausées je suis allé feuilleter le livre. Il commençait ainsi : « Ce matin-là le facteur sonna à sa porte. Il avait deux paquets à lui remettre. » Je n'ai pas insisté. Je connaissais la suite.

Tondeuse 2

Aujourd'hui la plupart des gens changent ce qui marche mal. Moi, je n'arrive pas à me défaire des choses qui me gâchent la vie. D'abord je pique une colère contre elles, puis je tente d'arranger le problème, de réparer. Si je n'y parviens pas, si l'ennui persiste, alors je m'efforce de m'en accommoder. En adoptant ce point de vue, on s'aperçoit que les objets et les êtres peuvent durer bien plus longtemps qu'on ne le croit. On peut appeler cela de la faiblesse, de la lâcheté, ou même de la bêtise, je suis d'accord. Ce que je sais, c'est que, bien qu'elles me compliquent souvent l'existence, j'ai la même tondeuse depuis quinze ans, la même voiture depuis vingt et la même femme depuis vingt-cinq.

Albert

La psychanalyste qui me suit s'appelle Albert Bronstein. Je trouve curieux qu'une femme se prénomme Albert. La première fois qu'elle m'a reçu, j'ai demandé :

– Vous êtes la remplaçante du docteur Bronstein ?

– Je suis le docteur Bronstein.

– Albert Bronstein ?

– Albert Bronstein.

Je n'ai pas su quoi dire d'autre et nous en sommes restés là. Il va falloir reparler de ce problème. Et j'emploie le mot problème à bon escient. Parce qu'à la longue, pour un type fragile comme moi, c'est sexuellement très perturbant de se sentir attiré par les fesses d'Albert.

Téléphone

Cela doit faire dix ans que l'on m'a installé le téléphone. Depuis tout ce temps il n'a pas sonné. Personne ne m'a jamais appelé. Moi, une fois, j'ai fait le numéro de l'horloge parlante. Mais quand j'ai compris que c'était un disque, j'ai raccroché le combiné et je n'y ai plus jamais retouché.

Heures

Il est quatre heures de l'après-midi. Je suis dans la salle de bains. J'ouvre les robinets de la baignoire, du lavabo, je m'assieds sur la lunette des toilettes et les yeux fermés j'écoute le bruit de l'eau.

Il est cinq heures de l'après-midi. Je suis dans mon fauteuil, je regarde la télévision sans le son et je mange des dattes. Je crache les noyaux sur la tête de mon chien.

Il est six heures de l'après-midi. Je suis allongé sur mon lit et, sans quitter ma montre des yeux, je retiens ma respiration le plus longtemps possible. Je dépasse largement la minute.

Il est sept heures du soir. Je suis dans la cuisine, je branche mon transistor à ondes courtes et j'écoute parler des gens dont je ne comprends pas la langue.

Il est sept heures trente. La journée est finie. Je vais me détendre un moment au salon.

Nu

Quand je regarde un tableau qui représente une femme nue, j'essaye de savoir ce qu'avait dans la tête le type qui l'a peint. Était-il amoureux de son modèle, voulait-il lui témoigner son respect et le séduire en le reproduisant à l'identique, ou au contraire bâclait-il de mémoire une forme à grands traits parce que cela faisait longtemps qu'il n'avait plus de petite amie et que sa femme était toujours fourrée aux réunions des Alcooliques anonymes ?

Ans

À quoi je pense ? Je ne sais pas, c'est difficile à expliquer. Je revois toutes ces années qui sont entrées en moi comme la pluie s'infiltre dans la terre, et je me dis qu'en fait je n'ai vraiment rien décidé, que les choses se sont faites en dehors de ma volonté. Pour vraiment comprendre ce que je dis, il faudrait que je te raconte ma vie. Mais ma vie n'a pas grand intérêt. Pour les raisons que j'ai énoncées plus haut. Bien sûr, je réfléchis à ma mort. Mais ça ne me mène jamais très loin. Maintenant il faut que je rentre. Si je ne te revois pas, bonne continuation.

Mèche

C'était sans doute à cause de la mèche et de la moustache. En tout cas mes copains y me disaient toujours : « Tu ressembles à Hitler. » Hier j'en ai eu marre. J'ai rasé la moustache et coupé la mèche. Quand je suis arrivé au café, mes potes y se sont arrêtés de boire, comme si c'était un étranger qui rentrait. Puis j'ai entendu une voix qui a dit : « Tiens, Hitler est allé au coiffeur. »

Ligne

Nous nous sommes téléphoné tous les après-midi pendant vingt-huit ans. On parlait durant des heures, c'était ce qu'on faisait de mieux de toute la journée. Hier, quand j'ai appelé, sa femme m'a dit qu'il était mort d'un arrêt du cœur pendant la nuit. Je suis resté assis, immobile, dans mon fauteuil. Puis, au bout d'une heure, j'ai fait le numéro des gens de la compagnie du téléphone et je leur ai demandé de suspendre ma ligne.

Chien

Ce matin mon chien m'a mordu. Je lui avais mis un coup de pied pour qu'il arrête d'aboyer et il m'a mordu. J'ai pensé : « Bientôt je t'enterrerai, je ferai un trou et je t'y fourrerai dedans. » Puis, je me suis dit que malgré sa vieillesse et ses rhumatismes, ce chien avait encore du caractère et de la dignité. Je suis allé me passer un peu d'alcool sur la plaie avant de revenir m'asseoir près de lui. On est restés un long moment côte à côte, comme s'il ne s'était rien passé. Puis il est sorti pisser dehors.

Ours

Parfois je dors dans la forêt. Ce matin je me suis réveillé nez à nez avec un ours. J'ai ouvert les yeux et j'ai vu son immense corps au-dessus de moi. Il était debout et s'inclinait légèrement pour me flairer. Je n'ai pas bougé. J'avais tellement peur, j'étais tellement tendu que tous mes muscles me faisaient mal. Ses griffes étaient aussi acérées que des poinçons. Je ne sais pas ce qui m'est alors passé par la tête, mais je me suis mis à grogner, à grogner comme un fauve, comme une bête sauvage. En entendant ce grondement qui sortait de ma gorge, l'ours a reculé de trois ou quatre mètres et a émis son propre cri. Je me suis levé lentement, et j'ai poussé un hurlement terrifiant en agitant les bras au-dessus de ma tête. Ces gesticulations et ce bruit ont sans doute déstabilisé le plantigrade, qui a préféré déguerpir avec ses griffes, ses crocs et sa demi-tonne de viande. Quand je suis arrivé chez moi, ma femme m'a engueulé en me demandant où j'avais passé la nuit. Plutôt que de lui répondre, j'ai eu l'idée de grogner comme devant l'ours. Ça l'a fait taire instantanément. Avec elle, j'ai même pas eu besoin de faire des moulinets avec les bras.

Sincérité

Il faut que je te parle de la sincérité. La sincérité, pour moi, ce n'est pas le contraire du mensonge. C'est beaucoup plus compliqué que ça. La sincérité c'est d'avoir les larmes aux yeux le jour où ton fils part à l'armée, de le prendre dans tes bras et de le serrer contre ton cœur comme si c'était ta fille unique.

Fidélité

Ayant peu d'appétit, au cours d'un dîner, je suis souvent plus attentif à ce qui se dit que les autres convives. Tout à l'heure j'ai prêté attention aux propos du maître de maison qui n'a pas arrêté de parler pendant le repas. Il glosait sur la fidélité qu'il jugeait indispensable à l'édification et à l'épanouissement d'un véritable couple. Il exprimait son point de vue en termes prétentieux et définitifs. Après le dessert, tandis qu'il pérorait toujours, je me suis levé de table et je suis allé à la cuisine rejoindre sa femme qui préparait du café. Je suis son amant depuis deux ans, alors, comme nous en avons l'habitude, nous nous sommes embrassés et caressés furtivement pendant que la machine crachait par saccades son jus noirâtre. Ensuite, je suis revenu m'asseoir près de son mari qui s'échauffait toujours sur le même sujet, affirmant cette fois qu'il n'y avait d'alternative digne pour un homme trompé que le crime passionnel. Comme il recherchait mon approbation, je la lui donnai sans rechigner avant d'aiguiller habilement la conversation sur les quarts de finale du championnat.

Orignal

– Qu'est-ce qui te prend, pourquoi as-tu fait cet écart ?

– Pour éviter un orignal.

– Un orignal ?

– Parfaitement.

– Attends, tu sais ce que c'est, un orignal ?

– Un élan de l'Alaska.

– Et tu as vu un élan de l'Alaska sur l'autoroute de Saint-Sébastien ?

– Exactement.

– Par moments, je t'assure, tu me fais peur.

– Moi aussi, j'ai eu peur. Et celui qui a dû avoir le plus peur de nous tous, c'est l'orignal.

– Mais enfin, tu perds la tête ou quoi ?

– Ce que tu ne sais pas c'est que pendant que tu dormais, juste après la frontière, j'ai failli percuter un couple de caribous.

– Donne-moi une cigarette !

– J'en ai plus. L'Algonquin que j'ai pris en stop à Biarritz a fumé la dernière.

– Mon pauvre ami, tu perds vraiment la boule !

– Te fâche pas, c'était pour rigoler.

– Hé ! Tu es fou ou quoi ? Pourquoi tu piles comme ça ?

– Tu préférais qu'on percute le troupeau de bisons ?

Mère

Quand je suis arrivé chez ma mère, c'était l'heure du dîner et je n'avais pas mangé. Elle m'a préparé des pâtes à la tomate et au gruyère. J'en ai pris deux assiettes. Ensuite j'ai fait la vaisselle pendant qu'elle regardait la télévision. Dehors il commençait à neiger. J'ai songé à tous les gens qui, cette nuit, n'avaient pas un endroit pour dormir et je suis allé m'asseoir près de maman.

Médecin

Depuis quelque temps, j'avais des douleurs dans la poitrine et j'étais essoufflé, alors j'ai décidé d'aller voir le médecin, un client du garage. Il m'a ausculté, m'a annoncé que je faisais de l'angine de poitrine et que j'avais le cœur mal en point. « Ménagez-vous. Et plus de tabac, ni de graisse, ni d'alcool, sinon vous allez griller la pompe. » Il m'a dit ça sans ménagement. Quand je suis sorti de chez lui, j'arrivais plus à mettre un pied devant l'autre. Huit jours après, le toubib vient au garage parce que sa voiture chauffait en permanence. J'ouvre le capot. Il m'a pas fallu trois heures pour trouver : « Vous avez pété le joint de culasse et deux pistons, au moins, ont fumé. » Le docteur faisait une drôle de tête, à peu près celle que je tirais une semaine auparavant dans sa pièce d'examen. Puis, comme c'est un professionnel, il me demande de mes nouvelles. Alors en m'appuyant sur sa bagnole, je lui réponds : « Pour être franc, je pense qu'elle claquera avant moi. » Ça n'a pas eu l'air de lui faire plaisir. N'empêche, aujourd'hui je refume mes deux paquets et lui, il a dû changer de bagnole.

Couteau

J'ai sorti le couteau de ma poche et j'ai dit au type de remonter son pantalon en vitesse et de foutre le camp de ma maison. Ma femme s'est rhabillée comme elle a pu et s'est enfermée en pleurant dans sa chambre. Je suis allé au salon, j'ai ouvert une bière, branché la télévision sur la chaîne des sports et j'ai regardé un match de boxe en différé. Juste à la fin de la troisième reprise le poste est tombé en panne. Ce n'était pas mon soir.

Souris

Le jour où ma femme m'a quitté, je n'ai rien dit, je n'ai rien fait, je ne suis même pas sorti de mon appartement. Je suis resté chez moi, seul, et je n'ai rien modifié à mes habitudes. J'ai pris une douche et j'ai mangé en regardant la télévision. Puis j'ai fumé une cigarette, debout devant la fenêtre. Avant de me coucher, je suis allé chercher la souris blanche dans sa cage et je lui ai arraché la tête avec les dents.

Seul

La chose au monde que je souhaite le plus, c'est que tu meures avant moi. Pour être là quand les employés municipaux te glisseront dans le cercueil, pour suivre ton enterrement, l'œil sec, pour voir l'argile ensevelir tes prétentions, pour enfin revenir à la maison, m'asseoir dans ton fauteuil, allumer une de ces cigarettes que tu ne supportais pas et goûter voluptueusement, égoïstement, une par une, ces minutes que tu ne connaîtras jamais.

Style

Du temps où je jouais au rugby, j'avais toujours des prises de bec avec l'entraîneur. Il n'aimait pas la façon dont je tapais les pénalités. Il me reprochait de revenir dans mon camp sitôt que j'avais donné mon coup de pied, de me désintéresser de savoir si la balle passait ou non entre les barres. Je lui rétorquais : « Il n'y a que le geste qui compte, le style ! » Il me tournait le dos et grommelait : « Pauvre con. » Il pouvait penser ce qu'il voulait. Je connaissais par cœur le boulot de l'arrière. J'avais une façon détendue d'arriver près de l'arbitre, de lui demander l'endroit exact de la faute, d'essuyer le ballon sur mon maillot, de forer le sol du talon, de fléchir les genoux, de poser la balle bien droite sur la motte de terre fraîche et, toujours accroupi, de jeter un brin d'herbe pour juger de la force du vent. Ensuite il fallait se redresser doucement, s'aligner sur les poteaux, reculer de trois pas sur la pointe des pieds, puis se désaxer de trois autres, afin de pouvoir taper en fauchant. Il ne restait plus alors qu'à se détendre, respirer à fond, secouer légèrement les bras pour les rendre aussi souples que des cordes pour que, au bout, les doigts pendent, inertes, comme des spaghettis. Enfin il fallait jeter un rapide coup d'œil vers le ciel comme pour vérifier une dernière fois que rien ne clochait, trépigner sur place pendant une ou deux secondes avant de se lancer dans la course d'élan et d'accomplir le nombre exact de foulées pour que, au centimètre près, le pied gifle le ballon plus qu'il ne le frappe. Ce qui arrivait après, bon Dieu, ne me concernait pas, c'était l'affaire de la chance. Je m'en désintéressais. Je préférais retourner aussitôt vers mes équipiers, les poings fermés, les bras repliés contre le torse, en petites foulées, les pieds légèrement en dedans, le buste droit et la tête inclinée vers l'herbe. Voilà. C'est ça que j'essayais d'expliquer à mon entraîneur. Mon boulot d'arrière terminé, je voulais qu'il respecte cette manière de revenir chez les miens, cette résignation et cette modestie dont j'étais si fier et que j'appelais « mon style ». Au lieu de cela, il aurait voulu que je lève les bras si la tentative était réussie ou au contraire que je me prenne la tête à deux mains si elle échouait. Je disais alors : « Mais tous les arrières du monde font ça ! » Et il me répondait : « T'es arrière, non ? Alors t'as qu'à faire comme tous les arrières du monde. » Cette année-là on s'est fait sortir en quart de finale. À la fin du match, l'entraîneur nous a fait un petit discours : « Ils étaient plus forts. C'est tout. On a rien à regretter. Tout le monde s'est bien battu. » Puis, en s'asseyant à côté de moi : « T'as vu leur arrière ? Dix-huit points à lui seul. À part ça, aucun style, un vrai peigne-cul. »

Bras

Quand mon frère est revenu de la guerre, je n'étais pas à la maison. C'était un jour d'école. Pour me faire une surprise, il est venu me chercher à la sortie. Tous mes copains de classe sont passés devant lui les yeux baissés et sans rien dire. Mon frère était en face de moi. Il portait sa grande tenue, souriait, et pourtant il me faisait honte. Il lui manquait un bras.

Deuil

Je rentre de l'enterrement de ma mère, je m'arrête chez elle et je marche tout seul dans sa maison. Je regarde les tableaux accrochés au mur et les derniers objets qu'elle a touchés. Je me demande ce que vont devenir toutes ces choses qui lui appartenaient. Je m'assois dans son fauteuil et, comme je vis seul, je me demande qui s'assiéra dans le mien quand je serai mort.

Amant

– Tu sais de quoi je rêve, parfois ?

– Non.

– D'un gros malabar remontant de la mine couvert de charbon et de transpiration qui me coince dans son vestiaire et qui me prend tout habillée, debout, en soulevant juste la jupe de mon tailleur de lin, le beige, tu sais, celui qui a des fronces.

– Marie-Odile, ma chérie, mais tu es folle !

– Écoute, je n'en peux plus ! Édouard est de pire en pire. Tu le connais, ça n'a jamais été une épée, mais depuis quelque temps il est vraiment en dessous de tout.

– Très bien, soit, prends un amant, mais pas un ouvrier tout de même ! Quelles que soient les carences d'Édouard, il ne mérite pas ça.

– Tu as sans doute raison. Mais un mineur en fin de journée, avec toute sa crasse, ses mains rêches, ses manières brutales, son odeur forte et surtout son énorme bosse sous le pantalon, ça doit être quelque chose.

– Peut-être. En tout cas, avec ton mineur et sa

si jolie bosse, tu peux dire adieu à ton tailleur beige.

– Mon Dieu, quelle horreur !

– Je ne te le fais pas dire.

Fille

– Bloch, venez me voir.

– Oui, président.

– La fille que j'ai vue dans votre bureau tout à l'heure, elle fait quoi dans la maison ?

– Un stage dans la programmation.

– Ça marche ?

– Justement non, président, elle a du mal à s'adapter à nos méthodes.

– Vous lui avez annoncé qu'elle était virée ?

– Pas encore, président.

– Bon, engagez-la.

– Bien. À quel poste ?

– Je ne sais pas, moi, trouvez quelque chose.

– Attachée à la présidence ?

– Par exemple.

– Je m'en occupe.

– Bloch !

– Oui, président.

– Vous lui faites signer un contrat à durée déterminée. Pas plus de trois mois.

– Comme d'habitude, monsieur le président.

– Vous savez que vous commencez à me courir sur le haricot avec vos petits airs entendus, Bloch ?

Vérité

Je suis menteur. Si je mens ce n'est pas par plaisir, c'est pour ne pas dire la vérité. Parce que la vérité c'est une chose avec laquelle il ne faut pas rigoler. Un jour, à l'hôpital, il y a un médecin qui s'est cru très mariole en la disant à mon père, la vérité. Et mon père, je m'en souviens, et pourtant j'étais gamin, il s'est jeté sous un train.

Père

Je suis au cimetière devant la tombe de mon père. Il y a dix ans qu'il est mort. Je n'arrive plus à me souvenir des traits de son visage et du grain de sa voix. À la maison j'ai encore sa tondeuse à gazon et sa Mercedes-Benz 1963. J'aimerais pouvoir lui dire qu'elle démarre toujours au quart de tour. J'aimerais savoir ce qu'il pense de ma vie.

Quartz

Je pense parfois à des choses bizarres. Ce matin j'en avais après les montres à quartz. C'est simple. La plupart des gens qui meurent et qui ont des montres à quartz sont enterrés avec leur montre à quartz. Enterrée ou pas, avec sa pile, la montre à quartz elle continue à donner l'heure pendant un an. C'est à ça que je pensais ce matin. À tous ces types morts qui ont l'heure exacte au poignet.

Ordonnance

Hier j'ai fait la queue aux Assurances sociales. On était un paquet. J'ai attendu plus d'une heure. Quand mon tour est arrivé, je suis allé au guichet. La fille m'a dit qu'il me manquait un papier, un volet d'ordonnance ou je ne sais plus quoi. Je lui ai dit de ne pas faire chier pour un truc comme ça. Elle a appelé le numéro suivant. Je l'ai traitée de morue et d'autres noms que j'ose pas répéter. Ça a tourné au vinaigre quand deux maousses sont arrivés pour essayer de m'apprendre la politesse. Comme un ours je me suis défendu. N'empêche, au bout d'un moment, les deux m'ont balancé dans l'escalier. Parfaitement. Je sors de chez le toubib. Avec les médicaments, ça va leur faire chaud aux Assurances sociales.

Incendie

J'avais travaillé un an pour me payer cette voiture. Une année entière à monter et descendre des caisses. Je me rappelle, je l'ai achetée le 1er juillet. Elle était vieille mais le vendeur m'affirmait qu'elle nous enterrerait tous. Quand je suis sorti du garage, j'étais l'homme le plus heureux de tout le pays. Je suis allé chercher ma femme à son travail et on est partis faire un tour. Au bout d'un ou deux kilomètres, je sais pas ce qui s'est passé, mais de la fumée, puis des flammes sont sorties du capot. On a bien essayé d'arrêter d'autres automobilistes pour leur demander un extincteur mais personne n'en avait. Alors on s'est plantés devant nos économies et on les a regardées flamber.

Hôtel

La plupart du temps, quand j'arrive dans une chambre d'hôtel, je m'assieds sur le lit et je pense à tous les types qui, au même moment, sont chez eux, avec une voiture au garage, une télévision qu'ils ont fini de payer et une fille avec laquelle ils vont prendre du bon temps. J'ouvre ensuite l'annuaire du téléphone pour savoir combien de gens dans cette ville portent le même nom que moi. Puis je branche la climatisation, je m'allonge sans défaire les draps, et je m'endors tout habillé.

Pape

– T'es vraiment le cousin du pape ?

– Ouais. Le pape c'est l'oncle à ma mère.

– Ça doit aider dans la vie d'être le cousin du pape.

– Tu parles, si t'as besoin de rien tu peux compter sur lui !

– Je veux pas le croire. Il est salaud, le pape ?

– C'est pas qu'il soit salaud, mais y s'en fout. Une fois par exemple j'avais dit à ma mère de lui demander s'il pouvait pas m'avoir une Vespa hors taxe. Jamais eu de réponse.

– T'es gonflé aussi, demander un scooter au pape.

– Et alors, c'est l'oncle à ma mère, non ?

Économies

Durant toute sa vie, mon père, qui était le contraire d'un homme économe, éteignait systématiquement les lumières des pièces où personne ne se trouvait, en disant : « L'électricité n'est pas un fluide gratuit. » Aujourd'hui, en rentrant de son enterrement, mon premier geste a été d'allumer toutes les ampoules de la maison.

Boxe

Je suis pas un grand boxeur. Je me défends, c'est tout. Quand je vais au tapis je fais pas de manières, je me relève. J'ai jamais accepté des combats arrangés. J'ai eu tort. J'y aurais trouvé mon compte. Surtout que j'ai les arcades fragiles. Mon coach y me dit que si je les avais pas eues si fragiles, les arcades, j'aurais pu faire une carrière. Depuis quelque temps j'y vois plus très clair. Je sais ce que ça veut dire. Ça veut dire que j'ai pris trop de coups, voilà. Mais je continue. Ça vaut mieux que d'arrêter même si c'est de plus en plus difficile. Parce qu'un type comme moi, avec la vie comme elle est aujourd'hui, s'il arrête, il est mort. Ça fait à peu près deux ans que je boxe plus pour gagner mais seulement pour atteindre la limite. C'est ça que je me fixe comme but maintenant, atteindre la limite. J'ai encore des contrats par-ci, par-là. Mon nom de boxe c'est Italo Palmer. Avec un nom comme ça j'aurais dû aller plus loin. Je sais, je me le dis souvent.

Critique

Un journaliste m'a demandé ce que je pensais des critiques. Je lui ai répondu que je les voyais ni plus ni moins comme des arbitres de rugby, indispensables au jeu mais pouvant commettre des erreurs, être influencés ou tout simplement achetés. J'ai ajouté qu'on pouvait adopter à leur égard la même attitude qu'à l'égard d'un *referee*, c'est-à-dire la fermer et reprendre sa place, rouspéter et reculer de dix mètres, ou enfin leur cogner dessus et se retrouver hors jeu pour un bon bout de temps. Voilà ce que j'ai répondu au critique. Ensuite il m'a questionné pour savoir si j'avais joué longtemps au rugby. « Jusqu'à ce qu'on me retire ma licence pour brutalité envers un arbitre », j'ai répondu. Trois jours après, sur une page, et dans un déluge d'adjectifs bien lubrifiés, le critique clamait haut et fort que mon dernier livre était le roman de la rentrée. Dans notre jargon de sport, on appelle ça un type qui « arbitre à la maison ».

Courrier

Quand je vais chercher le courrier j'espère toujours trouver, dans la boîte, la lettre d'une fille que j'aurais connue autrefois, qui m'écrirait pour me dire que malgré le temps elle n'a jamais pu m'oublier et que son désir le plus cher est de me revoir, même quelques heures. Au lieu de cela, chaque matin, je récolte des réclames pour des coupes de cheveux à bas prix et des offres promotionnelles de rasoirs électriques. Hier j'ai même eu droit à une publicité pour des pizzas livrées à domicile. J'en ai commandé une. Elle n'était pas mal.

Temps

Je t'attendrai au coin de la rue. Peut-être qu'après tout ce temps tu auras du mal à me reconnaître. Surtout que j'ai changé de marque de cigarettes.

Télévision

Souvent, le matin, avant de partir travailler, je lis les programmes de la télévision. Si je vois qu'une retransmission de match ou une bonne émission est annoncée pour le soir, je me dis que quoi qu'il arrive dans la journée, j'aurai, en rentrant, un bon moment devant mon poste. À condition, bien sûr, que ma femme ne vienne pas me bassiner avec ses douleurs dans le ventre ou je sais plus où. C'est vrai, pour foutre des soirées en l'air, ma femme elle est de première.

Chinois

Un soir, en faisant ses courses, elle a interrogé l'épicier chinois pour savoir si c'était pas trop gênant d'avoir les yeux bridés « vu qu'on voit moins de choses, forcément puisque la fente est plus petite ». Le lendemain, je demandais le divorce.

Draps

Souvent, quand je me lève, le matin, j'éprouve le sentiment confus de faire fausse route, de m'être fourvoyé quelque part, il y a longtemps, et de m'être ensuite aveuglément obstiné. Des choses vont de travers dans ma vie, mais je ne sais pas précisément quoi. Pour en avoir le cœur net, il suffirait de faire la lumière et de lever les voiles sur toutes ces années, comme on découvre un lit. Mais je n'ai pas le courage de prendre cette décision. J'ai trop peur de ce que je risque de découvrir sous les draps.

Tokyo

Chaque fois que je vais à Tokyo, je rends visite à Akira Hondo qui, pendant la guerre, était près de Nagasaki quand la bombe atomique a explosé. Après un accueil toujours cérémonieux, il me conduit sur la terrasse de sa maison qui donne sur la baie de Shinagawa. Là, nous nous asseyons sur d'étroites banquettes de bois et, en buvant de petites gorgées de saké, Akira me raconte toujours la même histoire : « La terre a tremblé puis le ciel s'est obscurci. La frayeur retombée, ma première pensée, je m'en souviens avec précision, a été celle-ci : "Le Japon va disparaître." Ma première pensée était la bonne. » Ensuite, il se tait et nous demeurons immobiles, silencieux, côte à côte devant la mer. Au bout d'un moment je me lève et je quitte discrètement la maison, le laissant seul, en tête à tête avec son pays qui n'existe plus. Je ne vois pas pourquoi je vous raconte des choses comme ça. Je n'ai jamais connu d'Akira Hondo. Je ne connais personne à Tokyo. Je n'ai jamais mis les pieds dans cette ville. Ni au Japon.

Bambous

Devant ma porte, les jeunes pousses de bambou qui sortent de terre soulèvent des dalles de béton de près de trente kilos. En période de croissance, ces bambous poussent de vingt centimètres par jour alors qu'il m'a fallu vingt années pour m'étirer de cent quatre-vingt-deux centimètres. Je crois que rien au monde ne possède et ne communique une telle envie de vivre que les bambous. Alors, chaque printemps, quand j'aperçois leurs yeux pointus jaillir du sol, j'annule mes voyages, je décroche mon téléphone, je ne vois plus personne et je m'assieds devant ces tiges pour les regarder grandir.

Syndicat

À l'usine, aujourd'hui, Walkowiak a eu un malaise. Il s'est évanoui. Évidemment, Bartali, le chef du personnel, a rappliqué pour voir ce qui se passait. Quand il a constaté que Walkowiak reprenait ses esprits, il a demandé à tout le monde de se remettre au travail. Walko y compris. Comme je suis le plus ancien de l'atelier, c'est moi qui ai parlé. J'ai dit : « Walko y rentre chez lui. » Bartali n'a pas supporté que je le contredise. Il a pris une colère terrible et m'a engueulé devant toute l'équipe. Du coup, les gars ont regagné leur poste. Walko y compris. Bartali a crié : « Le temps où les syndicats faisaient la loi, c'est fini ! » Il n'avait pas terminé sa phrase que Walko retombait dans les pommes. Bartali s'est précipité vers lui et lui a soulevé la nuque. Walko a ouvert des yeux de diable et a hurlé : « Enculé Bartali ! » Et tout l'atelier s'est mis à scander : « En-culé Bar-ta-li, en-cu-lé Bar-ta-li ! » Comme au temps du syndicat.

Mouche

Je me demande combien de temps vit une mouche. Je me demande s'il y a des mouches malades, des mouches fragiles, des mouches cinglées. Je me demande ce que voient les mouches quand elles se promènent sur une fenêtre. Je me demande si les mouches ont des rhumatismes ou de l'arthrose. Je me demande si les mouches sont jalouses ou possessives. Je me demande si les mouches me reconnaissent, si, quand je dors, elles viennent téter ma salive au coin de mes lèvres.

Hannetons

Je suis toujours tendu, anxieux. Je ne sais pas pourquoi. Mais je peux expliquer ce que je ressens. J'ai l'impression que quelque chose grésille en moi, la sensation d'avoir la poitrine remplie de hannetons.

Reims

Raymond Kopa jouait au football en serrant dans ses doigts le bas des manches de son maillot. Pierre Danos relevait le col du sien. Mes premiers skis étaient en hickory. Je n'ai jamais vu ma mère aussi belle que le jour de l'enterrement de mon grand-père. Je croyais sincèrement que les types qui mettaient des pastilles de camphre dans le réservoir de leur Mobylette pour qu'elle aille plus vite commettaient un péché mortel. J'aimais beaucoup un demi de mêlée anglais qui s'appelait Sharp et aussi Rutherford, son demi d'ouverture. Avant d'acheter une Trianon, mon père possédait une Renault Frégate « transfluide ». En Afrique il y avait deux pays qui s'appelaient le Bechuanaland et le Nyassaland. Dans ma mémoire, et j'ignore pourquoi, j'ai toujours associé Ken Rosewall et Roger Marche. Quand je m'ennuyais je me récitais la composition de l'équipe du stade de Reims. À la radio on donnait les cours de l'Union minière du haut Katanga.

Huissier

Ce que je déteste par-dessus tout, ce sont les gens qui se mêlent de ma vie. Hier, un type a sonné chez moi. Je n'avais pas entrouvert la porte qu'il était déjà dans l'entrée, marmonnant : « Léonard Berlin, du cabinet d'huissier Berlin et Olson. » Il est entré dans le salon en laissant tomber une grosse cendre de son cigare sur le tapis, puis il a sorti de sa poche un document qu'il a posé sur le dossier du canapé : « Je suis là pour saisir vos meubles. Je n'ai rien d'autre à vous dire. Je dresse l'inventaire et demain j'emporte tout. » Je suis allé à la cuisine boire un verre de lait pour m'assurer que je ne rêvais pas. Berlin m'a suivi. « N'escamotez rien, rien ! » il a fait. J'ai posé la bouteille et dit : « Tu ferais bien de te tailler. » Il n'a pas rebroussé chemin et s'est au contraire avancé vers moi en arborant un sourire inattendu qui dévoilait une myriade de fausses dents. « On menace un huissier ? » Au moment où ses mains louches s'apprêtaient à me saisir familièrement par les épaules, je lui ai balancé une droite en piston, juste à la pointe du menton. Berlin s'est effondré instantanément comme s'il disparaissait dans une trappe. Je l'ai tiré jusqu'à la porte du jardin avant de l'appuyer sur le poteau de la boîte aux lettres, là où tous les chiens du quartier ont l'habitude de pisser.

Phalènes

Elle ne sait pas que je la regarde. Elle est assise sous la véranda et des dizaines de phalènes tournent autour de l'ampoule qui pend au-dessus de sa tête. Je me tiens debout dans la pénombre, derrière la moustiquaire, et je pense que j'ai passé la moitié de ma vie avec cette femme. La nuit est noire et étouffante. Par instants, des phares de voiture éclairent la route en bas de la colline. Je sais qu'aucune n'a de raison de monter jusqu'ici. Nous sommes tous les deux seuls, à l'abri du monde et des regards, nous sommes à moitié nus et nous n'avons même plus envie de nous embrasser.

Tueur

Parfois, ça me prend dans la rue. Je relève le col de mon imperméable, je glisse mes mains dans les poches, j'adopte une démarche chaloupée, je me compose un air mauvais, et je dévisage les passants. En me voyant, il me semble que même Mayer Lanski prendrait peur et changerait de trottoir. Mais je dois me rendre à l'évidence. Jusqu'à présent, je n'ai jamais réussi qu'à effrayer des pigeons.

Langouste

J'étais dans la salle d'attente de l'hôpital. L'homme assis à côté de moi parlait avec sa voisine. À un moment, il a dit : « C'est comme moi, je fais une allergie à la langouste. » J'ai souri et il m'a vu. Alors, à mon endroit, il a ajouté : « On voit bien que vous ne savez pas ce que c'est ! » Effectivement, je n'avais jamais eu assez d'argent pour me payer une langouste. Et, avec les frais occasionnés par le traitement de mon cancer de l'estomac, je n'étais pas près d'en goûter.

Vu

Moi, j'ai tout vu. La voiture est arrivée de là, de la droite. Enfin oui, de la gauche, ça dépend d'où on regarde. C'était une camionnette ? Ah bon ! Enfin, voiture ou camionnette, ça fait pas une grande différence. La couleur ? Moi, je l'ai vue bleue. Mais, remarquez, elle était peut-être verte. Avec la vitesse, bleu, vert, tout ça se mélange un peu. Parce qu'ils allaient drôlement vite. Et le type qui conduisait avait des lunettes, ça j'en suis sûr, j'ai fait la réflexion à ma femme. À quoi il ressemblait ? À un juif. Mais non, monsieur, ce n'est pas raciste de dire ça ! Monsieur l'agent me demande à quoi il ressemblait, je lui réponds ! C'est pas être raciste que de dire la vérité. Oui, donc, monsieur l'agent, le conducteur avait un nez busqué, de grandes oreilles et surtout le regard typique des gens de sa race, vous voyez, fuyant, le genre qui vous regarde par en dessous les lunettes. Eh oui, parfaitement monsieur, j'ai remarqué ça malgré la vitesse ! C'est pas interdit d'être observateur quand même. Le passager ? Je ne l'ai pas vu. Quand je n'ai pas vu, je le dis. Bon, voilà, enfin, la camionnette a accroché la voiture de la dame et a filé à toute vitesse sans s'arrêter, comme si ceux qui étaient à l'intérieur avaient quelque chose de sérieux à se reprocher. Je vous en prie, monsieur l'agent, c'est tout naturel de collaborer avec la police. Monsieur l'agent ! Attendez, quelque chose me revient maintenant. En y repensant bien, le passager aussi avait le type juif. Mais pas aussi marqué que le conducteur. C'est pour ça que ça m'a moins frappé.

Vente

J'aime bien lire les annonces classées de vente de voitures. Sauf quand le texte commence par « Vends cause décès ». Parce que j'imagine le gars, trois mois avant, quand, après avoir bien réfléchi, il est allé chez le concessionnaire, quand il a choisi le modèle, les options, la couleur des sièges, quand il a discuté pour avoir une remise. Je pense ensuite à la période de rodage, à la vidange des trois mille kilomètres, au carnet d'entretien qu'il a scrupuleusement rempli. Et je le vois, assis à son volant, en train de fumer une cigarette dans le soleil du matin, écoutant ronfler le moteur et se disant qu'avec cette voiture, pour une fois, il a touché le bon numéro.

Talons aiguilles

Tu veux savoir de quoi je rêvais ? D'une femme qui me trompe, qui me fasse voir les pierres, qui laisse du rouge à lèvres sur tous ses mégots de cigarettes, qui se douche en talons aiguilles, qui se teigne en blonde, qui roule dans des cabriolets, qui croise ses jambes très haut, qui passe sa langue sur ses dents, qui vive en lingerie et qui me traite comme un domestique. Et je vis avec toi, brune, réservée, douce, toi qui ne m'as jamais donné autre chose que quatre enfants de taille moyenne et des repas à heures fixes.

Gris

Tu veux savoir de quoi je rêvais ? D'un homme robuste avec des mains fines, qui sache me toucher et me prendre, qui me caresse dans les ascenseurs, qui ait plaisir à m'écouter, qui possède un caractère et de la dignité, qui s'habille dans les gris, qui ne passe pas son temps à me juger, qui ait une peau ferme, qui possède une voiture pour l'été, une autre pour l'hiver et qui me traite avec respect. Et je vis avec toi, petit, gueulard, flasque, veule, ventru, toi qui n'as jamais su me faire jouir, toi que j'ai aujourd'hui honte d'accueillir en moi.

Frère

Il y a si longtemps que je viens dans cet hôpital. Aujourd'hui, en entrant dans la chambre, je remarque que ma mère pleure. Elle tient la main de mon frère et elle pleure. Lui est allongé sur le dos, le regard fixe. Il n'a plus de cheveux sur la tête, des cernes profonds et noirs marquent le pourtour de ses yeux. Il est au dernier stade de la maigreur. Sa bouche est entrouverte, sa lèvre supérieure découvre ses dents, ses joues incurvées semblent aspirées de l'intérieur. Seuls ses yeux sont intacts et semblent même plus noirs, plus vivants qu'autrefois tant la fièvre les enflamme. Au moment où je me penche pour l'embrasser, ma mère dit : « Ton frère vient de mourir. »

Hoquet

Chaque fois qu'il est en proie à une émotion forte, mon copain a une crise de hoquet. Les spasmes sont tellement violents et rapprochés que, pendant près d'une heure, il est incapable d'articuler un mot. Hier, à l'usine, on lui a annoncé qu'il était licencié. Après l'entrevue il est revenu à son poste et s'est assis, immobile, devant sa machine. Tous les gars de l'atelier se sont arrêtés de travailler et ont regardé ce corps parcouru de secousses régulières. Bientôt le hangar n'a plus résonné que des petits cris étouffés qui sortaient de sa gorge contractée. Je ne saurais dire exactement pourquoi, mais le bruit de ce hoquet, à la fois lancinant, anodin et tragique, nous a fait prendre conscience que les patrons, là-haut, avaient le pouvoir de nous étrangler comme des oiseaux.

Harengs

Lui ? Alors là tu peux dire que c'est un sacré pistolet. Pas plus tard qu'hier, devant moi, il a téléphoné à sa femme tout en pelotant les nichons de la standardiste, celle du second, oui. Je me souviens, il disait : « Mais non, mais non, je n'oublierai pas les harengs, d'accord, et les pommes de terre aussi, je sais. » D'après ce que j'ai compris, sa femme devait avoir dans l'idée de préparer des harengs-pommes à l'huile, mais lui il s'en foutait pas mal de la liste des commissions avec ce qu'il était en train de tripoter de sa main libre. Et sa main, il l'avait glissée sous le pull de la standardiste. Sous le pull, quand même, au bureau, faut le faire ! Moi, j'ai posé le dossier sur sa table et je suis sortie comme si je n'avais rien vu. Au moment où je fermais la porte, je l'ai entendu rembarrer sa femme au téléphone : « J'ai compris, c'est pas la peine de tout me répéter ! Tu crois pas que j'ai autre chose en tête que tes harengs ? » Ouais, la tête, tu l'as plutôt aux sardines, je me suis pensé.

Pieds

La nuit où mon père est mort, en sortant de l'hôpital, je suis allé voir une fille que je connaissais et avec laquelle j'avais vécu un certain temps. On a bu deux ou trois verres en parlant du vieux et on s'est mis au lit. Elle a dit : « T'as les pieds froids. » J'ai répondu : « Mon paternel aussi il a les pieds froids. » Et je l'ai revu, allongé, recouvert d'un simple drap bleuté, glissant en silence sur les roulements à billes du tiroir, émergeant un instant de la bouche du frigo, telle une langue mécanique. Ensuite la fille m'a pris dans ses bras et on s'est embrassés.

Simulation

– Pourquoi tu t'arrêtes ?

– Je préfère en rester là.

– Qu'est-ce qui te prend ?

– J'en ai marre de baiser avec quelqu'un qui fait semblant.

– Tu m'accuses de faire semblant ?

– Parfaitement. Tu crois que je ne m'aperçois de rien ? Tu simules de façon vraiment grotesque. Sans que tu le saches, parfois je te regarde et j'ai honte pour toi.

– Parce qu'en plus tu m'épies ?

– Je n'ai pas envie de discuter.

– En tout cas, s'il est vrai que je simule, à ta place, je me poserais des questions.

– Ça veut dire quoi, ça ?

– Ça veut dire que si tu étais un peu plus inventif, je n'aurais pas besoin d'avoir recours à ça.

– Écoute bien. On me paye huit heures par jour au bureau pour être inventif. Et personne ne s'est jamais plaint de mon travail. L'invention, c'est mon job, ma spécialité. Seulement, pour être inventif, il faut être inspiré, c'est tout.

– Et moi je ne t'inspire plus ?

– Exactement.

– Tu ramasses les quelques affaires que tu as dans la penderie et tu dégages.

– En pleine nuit ?

– En pleine nuit.

Louche

Tu ne peux pas comprendre, mon vieux. Quand je l'ai embrassée, j'ai le cœur qui a bondi comme ces dauphins qu'on voit jaillir de l'eau. Ça faisait des mois et des mois que j'attendais ce moment. Après on est allés boire un verre et on a parlé. Mais non, on n'a pas couché ensemble, pas le premier soir, tout de même. Je sais pas comment tu vois les choses, toi. Tu aurais été à ma place, tu aurais senti tout de suite que c'était pas une femme à coucher le premier soir. Non, non, je t'assure, tout ça se fera le moment venu. Il y a quand même une chose qui me chiffonne. C'est qu'elle m'a demandé trois fois si j'avais déjà fait l'amour à plusieurs. Tu trouves pas ça louche, toi ?

Peur

Nous restons là, toi et moi, assis, en train de regarder des choses misérables à la télévision, sans nous adresser la parole, oubliant même la présence de l'autre. Je me dis que, si une caméra filmait de face le vide de nos regards et l'ennui de nos visages, si nous étions ensuite confrontés à notre image sur l'écran, je crois que nous baisserions les yeux de honte et de peur. Oui, nous aurions peur de voir ce que nous sommes devenus.

Parfum

– Tu sens le parfum.

– Je me suis arrêté chez ma mère.

– Et depuis quand, ta mère, elle se met un parfum de poule ?

– J'en sais rien, moi.

– Et en plus, tu me prends pour une imbécile !

– Pourquoi faut-il que tu fasses toujours des histoires ?

– Je vais lui téléphoner, moi, à ta mère, pour lui demander le nom de son parfum.

– Laisse ma mère tranquille.

– Alors c'est qui la parfumeuse, hein, qui ?

– Mais il n'y a pas de parfumeuse, il n'y a personne. Simplement au bureau j'ai prêté ma veste à une fille qui avait froid et l'odeur de son eau de toilette a dû imprégner le tissu, voilà !

– Comment tu sais que c'est de l'eau de toilette et pas du parfum ?

– T'es vraiment siphonnée.

– Pourquoi m'avoir dit que c'était le parfum de ta mère ?

– Mais, bon Dieu, parce que je le croyais, j'avais oublié l'histoire de la fille.

– Et qui c'est, alors, la frileuse ?
– Mais personne, une fille du bureau.
– Tu lui diras de ma part, à la fille du bureau, qu'au lieu de se ruiner dans des parfums de pétasse, si elle a froid, elle a qu'à s'acheter des pulls.

Édition

Bien cher auteur,

Sauf erreur de notre part, vous avez reçu, en 1989, une avance substantielle de notre maison pour l'écriture d'un roman que vous vous étiez engagé, par contrat, à finir avant la fin du mois de décembre 1990. Nous sommes en 1992 et la seule parcelle de votre travail que nous possédons, aujourd'hui, se résume aux premières lignes de votre texte que vous avez bien voulu nous adresser en 1991 à la suite de nos demandes réitérées. Nous souhaiterions donc savoir si vous avez donné une suite à ce bouleversant début qui, vous vous en souvenez certainement, se réduisait à ceci : « Ce matin, quand je me suis levé, j'ai vu qu'il pleuvait dehors. Alors j'ai fumé une cigarette et je me suis recouché pour tirer un coup avec ma femme. » Vous comprendrez aisément que nous attendons la suite avec impatience. Bien à vous.

Éditeur de mes deux,

Je suis choqué par le ton de ta lettre où il n'est question que d'argent. Mais comme tu me fais élégamment remarquer que tu as payé pour savoir, je te raconte la suite en deux mots : le temps était toujours aussi dégueulasse, ce qui fait que je continue à tirer régulièrement des coups après m'être recouché. J'ai changé de femme, mais de loin ça se voit à peine. Voilà. À la fin, je glisse de la douche et je me fracasse la tête contre les chiottes. Pendant ce temps, de l'autre côté, dans la chambre, ma femme qui n'a rien entendu s'épile la chatte. Pour le titre, j'avais pensé à : « Quand deux verbes se suivent, le second se met à l'infinitif. »

Très cher auteur,

Nous avons bien reçu, dans votre dernier courrier, l'entière ébauche de votre roman, avec son intrigue palpitante et, surtout, son dénouement tellement inattendu. Si l'ensemble, vous vous en doutez, nous a séduit, notre comité de lecture a néanmoins émis quelques réserves qui nous empêchent d'éditer votre manuscrit dans son état actuel. Ainsi nous souhaiterions que vous étoffiez davantage le corps du récit (deux cents pages) et surtout que vous affiniez la psychologie des personnages qui nous a semblé un peu sommaire. Convaincu que ces quelques retouches n'altéreront en rien l'authenticité de votre œuvre, nous vous encourageons vivement à entreprendre ce léger travail. Bien à vous.

Éditeur de mes deux,

Il m'a fallu du temps, mais j'ai enfin compris. Tu aimes autant le risque qu'un assureur. Jusqu'à présent, croyant avoir affaire à un esthète, je t'avais proposé de la littérature construite sur la connivence du non-dit. Tu veux du premier degré, du descriptif, du commun, des pages et des pages de détails psychologiques ? T'as payé, tu y as droit. Pour le héros, disons qu'il aime pas la pluie, que par contre tirer des coups le détend, et qu'à la fin, quand il glisse, il a peur. Bien sûr, au moment où sa tête cogne les chiottes, il voit redéfiler sa vie à toute allure. La fille, pour sa part, se fout pas mal de la météo et aussi de tirer des coups. Quand elle s'épile elle a mal. Voilà. Évidemment, après tout ça, le titre que je t'ai proposé n'a plus de sens.

Désordre

Excuse-moi, mais je ne t'écoute plus. Je ne parviens plus à m'intéresser à tes problèmes. Peut-être ai-je changé, mais je n'éprouve plus de compassion. N'essaye pas de m'expliquer quoi que ce soit, je déteste les gens qui expliquent, et tout autant ceux qui comprennent les malheurs des autres en prétendant les partager. Je n'ai aucun conseil à te donner, je ne donne jamais de conseils, je ne sais rien de rien. Je tente seulement de m'arranger pudiquement avec le désordre qu'il y a dans ma tête. Tant que ma vie sera ce qu'elle est, n'espère, n'attends rien de moi.

95 × 68,57 m

Comment je referais le monde si j'en avais le pouvoir ? Je vais sans doute te décevoir, mais je le réduirais à une pelouse bien tondue de 95 m par 68,57 m avec de chaque côté des poteaux espacés de 5,65 m reliés par une barre placée à 3 m de hauteur. Autour du terrain, je mettrais des tribunes bondées de types enthousiastes. Au centre, je poserais un ballon ovoïde de 425 g, et, de part et d'autre de la ligne médiane, deux équipes de quinze gars soudés comme des parois de coffre-fort et souples comme des bracelets de montre. Au coup de sifflet de l'arbitre, tout le monde se mettrait à vivre. On serait à tour de rôle dans les tribunes et sur le terrain. Quand on jouerait, à la mi-temps, on s'assiérait dans l'herbe en suçant des quartiers d'orange, en remuant les cuisses pour décongestionner les muscles et en regardant les filles souriantes assises sur les gradins. Oui, je me verrais bien vivre dans un monde comme ça pendant soixante ou soixante-dix ans. Ensuite, le moment venu, après un plaquage sévère ou une cravate, soutenu par le coach et le soigneur, je sortirais du terrain sans faire d'histoire, sous les applaudissements de la foule. Et puis, seul dans les vestiaires, j'attendrais la fin du match.

Golf

J'habite à côté d'un golf. Tous les jours, devant chez moi, je vois passer les joueurs gantés, accoutrés dans des chemisettes parme ou lavande, affublés de casquettes à trous et traînant leurs caddies de cuir. Mon jardin donne sur le départ du quatorzième trou. Parfois je m'assieds, je les regarde s'exercer, arracher des mottes de terre avec leurs cannes et ils me font pitié. Je déteste tellement ces gens arrogants qu'il m'arrive aussi de leur lâcher mon chien aux trousses et j'ai alors le plaisir de les voir déguerpir comme des moineaux. Bien sûr, certains ont déposé des plaintes, mais ça m'est égal. Il y a de moins en moins de types qui s'aventurent au départ du quatorze.

Retard

À l'entrée du dernier virage, j'étais troisième. Devant, il y avait un Kenyan et un Anglais. Mes muscles étaient en bois et j'avais beau forcer, je sentais que je ne pourrais pas revenir sur eux. Alors, dans ma tête, ont surgi des images de mon enfance, des images de bonheur, de paix intense, de ces jours où j'arrivais à table hors d'haleine après avoir couru des heures durant dans la campagne alentour comme un chien de chasse. La force de ces souvenirs m'a fait retrouver mes jambes de l'époque, cette frénésie infatigable, cette joie de vivre et de bouger. La fin de la course fut pour moi un enchantement, un jeu d'enfant. Je ne disputais plus une compétition, je rentrais simplement chez moi au galop pour dîner. Au moment où je franchis la ligne, au cœur de ce stade immense, couvrant les hourras des spectateurs, je jure avoir entendu la voix de ma mère me dire : « Tu es encore en retard. »

Cric

– Passe-moi le tournevis.

– Lequel ?

– Celui avec le manche orange.

– J'en vois pas avec le manche orange.

– Bon Dieu, tu l'as devant le nez !

– C'est pas un tournevis à manche orange, c'est un tournevis à manche rouge.

– Bon, fais pas chier, envoie-le.

– C'est pas la peine de t'énerver.

– Merde, je suis coincé sous la bagnole et toi tu te prends pour Picasso avec tes rouges et tes orange.

– Picasso n'a jamais beaucoup utilisé le rouge et l'orange.

– C'est ça, d'accord. Quand t'auras fini avec tes conneries, tu mettras le cric sous le longeron à l'avant.

– Où il est, le cric ?

– Quelque part par là, cherche un peu, comment veux-tu que je le voie, moi, de là où je suis.

– J'en vois deux crics. Un rouge et un bleu.

– Amène le rouge, comme ça y sera assorti au tournevis.

– Arrête. Le rouge est mieux que le bleu ?

– Non, tête d'ours. Mais le bleu c'est celui à Picasso et il aime pas qu'on se serve de ses outils.

Mariage

Ce que je sais c'est qu'elle est partie du jour au lendemain en me plantant là avec les deux gosses. Il a bien fallu que je me débrouille. Alors j'ai téléphoné à ma mère pour qu'elle vienne s'installer à la maison. Elle m'a répondu qu'elle avait déjà bien assez d'ennuis avec mon père et qu'elle avait pas envie de se remettre une famille sur le dos. Qu'est-ce que tu voulais que je fasse ? J'étais perdu, alors j'ai proposé le mariage à la première qui est passée. Et la première à passer ça a été ta femme. Le manque de bol, quoi. Surtout qu'à l'époque, toi, je te connaissais pas.

Langue

J'ouvre les yeux. Je suis dans une chambre que je ne connais pas. Une femme dort à côté de moi. Son visage, extrêmement disgracieux, m'est étranger et ses dents inégales percent entre ses lèvres. Son haleine aigre m'effleure. Je ne sais pas ce que je fais dans ce lit ni comment j'y suis arrivé. Je n'ose pas bouger. J'aperçois un sein grimaçant veiné de bleu. Je voudrais me lever, m'extirper discrètement de ces draps mais je me rends compte que ma main est coincée entre les jambes de ma voisine. Sa tête remue, sa langue fait un bruit de succion à l'intérieur de sa bouche, je ne vais pas tarder à savoir ce que je fais là.

Chipolatas

Enfant, j'étais dans une école religieuse. Tous les jours à midi, avant de manger, on nous faisait mettre debout au réfectoire et devant la nourriture qui fumait dans nos assiettes nous devions dire : « Seigneur, bénissez ce repas, ceux qui l'ont préparé et donnez du pain à ceux qui n'en ont pas. » J'étais d'accord avec la seconde requête, absolument pas avec la première. Les gars de la cuisine je les connaissais, je savais qu'ils étaient capables de faire flotter des crottes de chien dans la marmite du potage, ou d'uriner dans l'eau de la purée, ou même de se mettre des bouts de saucisse dans le slip pour faire les malins. Je les avais vus à l'œuvre derrière leurs fourneaux. Et il n'était pas question que je prie pour remercier de pareils salopards. Un curé qui avait observé que je ne disais jamais mon bénédicité, pour me punir, m'infligea un mois de corvée chez les cuistots. Cela ne faisait pas trois jours que je remplissais ma tâche de marmiton que déjà le chef m'obligeait à mettre du chocolat dans les œufs brouillés, de la mayonnaise dans les flans et à sucer les chipolatas qu'il laissait dépasser de sa braguette.

La Vedette

On l'avait surnommé « la Vedette ». Je me souviens très bien du jour où il est arrivé dans la bande. Nous avions décidé que serait désigné comme chef celui qui avait la plus longue bite. Toutes braguettes ouvertes nous mesurions nos modestes engins quand nous l'avons vu baisser sa culotte courte et dire : « Je vous présente la vedette. » On en avait jamais vu des comme ça. On ne pensait même pas que ça existait. Quelqu'un a dit : « Putain, elle est aussi grosse qu'un renard ! » On a tous rengainé nos miniatures et c'est comme ça que « la Vedette » dont on ignorait tout s'est imposée comme le patron incontesté du groupe. Pendant un an, il nous a appris l'essentiel de ce qu'un gamin doit savoir, nous a menés au sommet de la gloire, transformant un groupe de morveux en vrais caïds inspirant crainte et respect. Il ne serait pas venu à l'esprit d'un seul gosse du quartier de défier un gars de « la Vedette ». Dans ces conditions, et connaissant notre insurmontable handicap, personne ne songeait à briguer le poste de chef. Jusqu'au jour où un nouvel arrivant, instruit de nos règles, réclama l'ouverture d'élections. Nous refusâmes tous d'y participer, laissant l'ignorant affronter seul « la Vedette ». Lorsque le nouveau sortit son attirail, quelqu'un dit : « Merde, c'est un train de marchandises. » Par respect, un copain prit les mesures exactes. Il y avait quatre centimètres d'écart. « La Vedette » remonta son pantalon et partit sans dire un mot. On ne le revit jamais. Dans son premier discours, « le Train de marchandises » déclara : « Si vous faites bien tout ce que je vous dis, je vous promets que dans un an vous en aurez une aussi grosse que la mienne. » C'est là qu'on a compris qu'on avait tiré le mauvais cheval. On ne s'était pas trompés. Quarante ans ont passé et, il y a six mois, j'ai appris que « le Train de marchandises » a été élu sénateur au premier tour. Faut dire qu'avec son équipement il était à l'abri du ballottage.

Nickel

– Qu'est-ce que t'as eu le plus dans ta vie, des femmes ou des voitures ?

– Je me suis jamais posé la question.

– Pose-la-toi.

– Des femmes. Ouais, j'ai eu plus de femmes que de bagnoles. Largement.

– Ah bon.

– Et toi ?

– Moi, c'est pas compliqué, j'ai eu trente-sept bagnoles et une seule fille.

– Trente-sept bagnoles ?!

– Ouais mon pote. Et que des loups. De vrais rognes.

– Et la fille ?

– La fille ? Elle était nickel.

– Et alors ?

– Alors quoi ?

– Qu'est-ce qui s'est passé ?

– T'as déjà vu des filles nickel épouser des propriétaires de caisses pourries ?

– Je sais pas.

– Eh ben moi, je sais. La fille nickel elle s'est barrée en me barbotant mon pèze, deux bouteilles de gnole, un flacon d'after-shave et ma dix-septième chignole. Une Ford.

– Quel modèle ?

– Un modèle de merde.

Couple

Je ne sais pas pourquoi mais quelque chose me dit tout à coup que je vais être heureux, que la vie m'a à la bonne, qu'elle va glisser sur moi comme des bas sur tes jambes. J'ai envie de t'embrasser, de sentir ton parfum. Il n'y a pas de doute, c'est un second départ dans l'existence. Tu as l'air sereine et détendue. Ce soir nous formons un vrai couple.

Rameur

Je possède une machine à ramer hydraulique, avec un siège coulissant et des attaches pour les pieds. C'est un bel appareil chromé fait de bras articulés, de boutons de réglages et de pistons robustes. C'est également un objet intéressant pour lequel on développe peu à peu une certaine affection. J'utilise cette machine chaque jour. Elle m'oppose sa force raisonnable et, après une courte période d'échauffement, je m'astreins à donner vingt et un coups de rames à la minute pendant une demi-heure. Bien que pratiquant en plein air sur un appareil perfectionné qui reproduit à l'identique l'effort du rameur de course, je n'ai jamais pu, malgré toute la bonne volonté de mon imagination, me figurer naviguant sur un plan d'eau. Au contraire, dès que mes yeux se ferment, dès que l'effort tend les muscles de mes bras qui tirent et de mes jambes qui poussent, je me sens devenir une pièce mécanique de transmission, œuvrant de façon parcellaire mais rigoureuse à la bonne marche d'une machine cohérente qui n'a d'autre prétention que de produire du vide. C'est-à-dire du néant sans l'angoisse.

Gitan

Mon père était un homme bizarre, imprévisible, caractériel et dépensier. On ne peut pas dire qu'il avait la passion des voitures, simplement il en changeait souvent. Il n'était fidèle à aucune marque, aucun style, et pouvait aussi bien s'enticher d'un cabriolet deux places que d'une familiale cossue. Mais il y avait une chose qu'il ne supportait pas, c'était que l'on discute ses choix. Je me souviens parfaitement du jour où il revint à la maison avec une Chevrolet Bel Air Power Glide 1957, noire, pavillon blanc. Ma mère ne jeta même pas un regard sur sa nouvelle acquisition. Et quand, un peu vexé, il lui demanda comment elle la trouvait, elle répondit sèchement : « Là-dedans, tu as l'air d'un gitan. » Mon père claqua la porte de son bureau et n'en sortit pas de la soirée. Lorsque nous le vîmes partir le lendemain matin, il tenait une guitare à la main, portait les cheveux plaqués en arrière, gominés, était vêtu comme un hidalgo, et marchait, cambré, le torse en avant. Quand ma mère lui demanda où il allait, il répondit avec mépris : « Chez les miens. »

Paroles

Il parle, dit tant de choses qu'il croit importantes et semble si fier de sa connaissance et de ses explications. Son intelligence crépite comme un feu de bois. Il incarne la science et l'autorité. Pourtant, quand je le regarde, quand j'entends ses paroles, je ne pense qu'à ses cordes vocales qui vibrent dans l'air.

Gruyère

Je mangeais tout seul, tranquille. Les deux, à côté, ça faisait un moment qu'ils s'asticotaient. Du genre : « Si t'es pas content, c'est le même prix ! » Ou alors : « Vas-y, vas-y, je t'écoute même plus. » Au dessert, y en a un qui a commandé de la crème de gruyère, c'était écrit comme ça sur le menu. L'autre a dit : « C'est du fromage pour poser les carreaux, ça. » Et là, je sais pas ce qui s'est passé, mais celui qui avait commandé le gruyère il a pas supporté la réflexion sur le fromage. Et sans prévenir, sans dire un mot, il a allongé une pêche énorme à son copain. Je te jure, il lui a mis un coup à décorner un bœuf. Ensuite il m'a regardé avec un air mauvais, du style : « Si tu veux du rab, le bar est ouvert. » J'ai vu le moment où j'allais aussi en prendre un. Heureusement la serveuse est arrivée et les choses se sont un peu calmées. Elle m'a demandé ce que je voulais comme dessert. Tu parles, c'était pas le moment de faire l'intéressant. Alors, j'ai pris comme l'autre furax, du machin à poser les carreaux.

Outarde

Ce matin, j'ai reçu une carte postale du Canada représentant un lac survolé par des échassiers. Au dos, il y avait un petit mot de mon fils disant simplement : « L'outarde est un oiseau migrateur qui survole le Québec en avril et en mai. » Je suis resté assis un long moment à tourner et retourner cette phrase dans ma tête. Je ne pouvais pas comprendre comment un fils pouvait mépriser à ce point son père pour lui écrire de pareilles choses.

Cicatrices

J'aime les femmes qui se font refaire le nez. Ou celles qui demandent à ce qu'on leur retende la peau ou encore qu'on leur place des poches de silicone à l'intérieur des seins. Toutes les cicatrices qu'elles portent sont les marques de leur attachement à la vie. Quand je passe mon doigt sur ces chairs recousues, quand je pense à tout ce que j'ai laissé se dégrader en moi par renoncements successifs, je mesure ce qu'il leur faut comme courage pour s'accrocher à l'existence. Et réclamer si douloureusement leur part.

Taxe

– Si j'étais président, je te réglerais tout ça vite fait, moi.

– Si t'étais président, tu réglerais rien du tout.

– Je te dis que je foutrais tout ce bordel en ordre.

– Tu me fais marrer. T'es même pas capable de ranger proprement ta caisse à outils.

– Un pays, ça a rien à voir avec une caisse à outils.

– T'as raison, c'est vachement plus compliqué.

– Compliqué ? Un pays c'est plus compliqué qu'une caisse à outils ?

– Je veux !

– Rien que de dire ça, ça prouve que tu connais rien à la politique.

– Je connais peut-être rien à la politique mais dans ma caisse à outils, au moins, c'est pas le bordel.

– Tu me les casses avec tes outils. Le problème avec toi, c'est que sorti de l'atelier, y a plus personne.

– Et toi tu ferais mieux d'y être un peu plus souvent, à l'atelier.

– C'est ça, ouais. Tu veux que je te dise ? C'est des mecs comme toi qui foutent le bordel.

– Et si t'étais président, les mecs comme moi, tu les fous au trou, je me doute ?

– Ça, ça prouve bien que tu connais rien à la politique. Parce que si j'étais président, les mecs dans ton genre, mon vieux, je les taxe, moi, je les taxe à mort.

Collant

C'est pas vrai ça ! J'ai jamais vu quelqu'un d'aussi emmerdant que toi, bon Dieu ! Pourquoi faut-il toujours que tu me colles, que tu me sois après ? Laisse-moi respirer, arrête de m'attraper par le cou ! Ça me plaît pas, point à la ligne. C'est comme quand tu me caresses la nuque pendant des heures. Ça me met les nerfs en pelote. Je m'en fous que tu fasses ça parce que tu m'aimes puisque moi, ce que je veux, c'est que tu me lâches ! Ah non, non, non, si tu veux chialer, tu te trouves un autre coin que mon épaule !

Cancer

Quand elle est rentrée, ce soir, elle a enlevé son manteau et elle m'a annoncé qu'elle avait un cancer du sein qui s'était propagé un peu partout. Je l'ai prise dans mes bras et j'ai demandé : « Qu'est-ce qu'on va devenir ? » Elle a allumé une cigarette et a dit : « Qu'est-ce que tu vas devenir ? »

Fils

Je sens le parfum de cette femme et mon esprit s'emballe. Ces fragrances provoquent un véritable tourbillon dans ma mémoire. Elles me rappellent à la fois une maison au bord de l'Océan, ma première voiture, la rentrée des classes, les repas de Noël, les grands magasins, l'heure des devoirs et mon père quand il sortait le soir. Je sens le parfum de cette femme et, soudain, je suis fier d'être son fils.

Choses

Quand je suis rentré de l'hôpital, le premier geste que j'ai fait en arrivant chez moi a été d'allumer la lumière. Puis la télévision. Ensuite, j'ai pris une bière dans le réfrigérateur. Elle était glacée. J'ai décroché le téléphone et j'ai entendu le bruit de la tonalité. Les choses ne m'avaient pas laissé tomber. Malgré ma longue absence, elles continuaient à marcher. Elles avaient cru en mon retour.

Belle-mère

Hier, j'ai surpris mon fils en train d'embrasser ma nouvelle femme. Le gamin se débrouillait plutôt bien et sa belle-mère, de peu son aînée, n'avait pas l'air de s'ennuyer. En tout cas ni l'un ni l'autre ne se sont aperçus de ma présence. Je ne sais pas quoi penser. Je n'ose pas leur parler. Plus j'y pense, plus je me dis que la seule chose raisonnable à faire, après cette histoire et à mon âge, c'est de fourrer mes affaires dans un sac et de quitter la maison.

Hasard

Je regarde cet enfant qui dort dans son berceau. Je n'éprouve aucune sympathie, aucune tendresse pour lui. Il n'est à mes yeux qu'un corps étranger parmi tant d'autres. Son avenir ne me concerne en rien. Simplement, puisqu'il vit, puisque le hasard a voulu qu'il séjourne un certain temps dans cette maison, je lui souhaite bonne chance.

Coucheries

Je ne connais rien de pire que ces heures au milieu de la nuit, seul au centre d'un lit en ordre, quand j'écoute les bruits de la maison en me disant que j'ai gâché une journée de plus, que ma vie va de travers et que je mourrai un soir dans cette chambre. Alors j'allume la lumière, je change le matelas de place et je téléphone à une femme divorcée qui est toujours prête à me raconter les mêmes histoires minables sur les coucheries de son ancien mari. Je ne sais pas pourquoi, mais, à chaque fois, les aventures de ce type me redonnent goût à la vie.

Série noire

Pour le boulot, dans l'ensemble, je me débrouille. Je travaille à droite, à gauche, je donne des coups de main. Mais c'est la santé qui va plus. Cet été, il a fallu m'enlever un rein dare-dare, en octobre je suis tombé d'une échelle, jambe cassée, en novembre, deux doigts coupés en bricolant, et quand je dis coupés, c'est coupés net, regarde. Noël, rien. Janvier, je commence l'année en me faisant renverser par un autobus : fracture de la clavicule et de la tête. Parfaitement, fracture du crâne. Depuis, j'ai des trous de mémoire. Pour te dire, quand tu es venu vers moi, tout à l'heure, je me suis demandé, bon Dieu je connais que lui, mais c'est quoi déjà son nom ? Attends, c'est pas tout. Fin février, je vais boire un coup au café avec un copain, je me souviens plus comment il s'appelle, mais tu le connais. Au moment où on sort du troquet, plaque de verglas, je glisse et je me pète le coccyx. Celui qui a jamais eu ça peut pas savoir ce que c'est. Je m'en remets à peine. Ma femme me dit que si je picolais moins tout ça n'arriverait pas. Moi je lui réponds que j'ai toujours picolé. Sauf que là j'ai vraiment la noirceur dessus. Bon, maintenant faut que j'y aille. Au fait, ton nom, c'est bien Baldini ? Ah oui, maintenant que tu me le dis, ça me revient, Sanchez, c'est ça, Sanchez.

Tuyau

Aujourd'hui j'ai réparé une fuite sur un tuyau de chauffage central. J'ai vidé l'installation tout entière, ressoudé le manchon défectueux et purgé tous les radiateurs de la maison. C'est un travail ingrat. Ensuite je suis allé fendre du bois pour la cheminée et, tant que j'étais dehors, j'ai remis de l'huile dans la Volkswagen. J'ai aussi mis une lessive en route et fait un peu de repassage. Je passe la plupart de mes journées ainsi à accomplir des tâches domestiques sans intérêt. Les années filent et rien ne change. Un jour je prendrai la décision de ne plus réparer les tuyaux et je mettrai une casserole sous la fuite. Je pourrai même m'habiller avec du linge froissé et me désintéresser du niveau de lubrifiant dans ma voiture. Mais je me demande si tous ces renoncements seront un progrès.

Cinq

Quand on s'est mariés j'ai dit à ma femme que c'était du sérieux, qu'on était ensemble pour longtemps mais que je ne voulais pas de gosses. J'ai bien insisté là-dessus et même ajouté que s'il le fallait c'est moi qui prendrais des précautions. Elle a dit qu'elle était d'accord, et tout ça. Et puis en cinq ans elle a eu quatre enfants. Hier elle m'a annoncé qu'il y en avait un autre en route. Alors je suis allé dans la chambre, j'ai pris une valise et, après avoir fourré des affaires dedans, je suis parti de la maison. Un jour il faudra que je m'explique là-dessus.

Honte

Sur la promenade, des fois, quand je regarde passer ces gens bien habillés avec leurs enfants si beaux, si blonds, si bien élevés, quand je les vois tous s'aimer et se sourire et qu'après je nous vois, toi, moi et les gosses, assis sur ce banc, mal fagotés avec nos chaussures usées et notre ennui, je sais que c'est pas bien, mais j'ai honte.

Vermeer

Je peux plus aller dîner au restaurant, c'est fini. Chaque fois je m'accroche avec les patrons. C'est plus possible, ces gars-là sont devenus aussi cons et prétentieux que des hôtesses de l'air. Ils ont perdu la boule. L'autre soir, je commande des « harengs Vermeer », tu vois, en pensant que c'est un truc genre harengs-pommes à l'huile. Le garçon m'apporte une assiette contenant un malheureux filet jaune de safran avec autour, tiens-toi bien, une poire arrosée de vinaigre de framboise, piquée d'amandes et, de l'autre côté, une carotte glacée plantée dans une pomme de terre. En plus, à la tête et à la queue du hareng, il y avait deux boules. L'une c'était de la purée de marrons, l'autre d'épinards. Je t'assure, je suis pas quelqu'un de désagréable, je m'accommode de plein de choses, mais là, quand j'ai vu cet étron flottant sur de la porcelaine, servi par une fiotte arrogante, ça m'a mis en colère. J'ai appelé le tôlier et je lui ai demandé le menu. Quand je l'ai eu entre les mains, avec mon stylo, j'ai transformé « harengs Vermeer » en « harengs Vermeerde ». Ensuite j'ai renversé l'assiette et tout est tombé par terre. « La peinture était pas sèche », j'ai dit au patron. Et je suis sorti.

Heureux

La voiture roule en silence. Les lumières du tableau de bord brillent faiblement comme les lueurs d'une petite ville vue d'avion. Les voyants disent des choses simples sur la température de l'eau ou la pression de l'huile. Les kilomètres, semblables à du fil de pêche, s'enroulent autour du compteur. Les bouches de chauffage soufflent une chaleur généreuse. Mes mains reposent de part et d'autre du large volant. Je me trouve dans la disposition d'esprit d'un homme à qui l'on a donné l'assurance qu'il vivrait longtemps. J'allume une cigarette et, au moment où j'inhale la fumée, il me semble que ma poitrine est traversée par un vol de papillons. C'est ce que j'appelle être heureux.

Momie

Je suis nu et à genoux sur la table d'examen. Le médecin m'introduit un tube d'acier dans l'anus pour examiner l'intérieur de mes entrailles. À sa suite, une dizaine d'étudiants viennent voir ce qui cloche en moi. Puis ils sortent tous de la pièce sans m'adresser un mot, laissant la ferraille en place, m'abandonnant, seul, sous les lumières, comme une momie humiliée et clouée.

Bisons

Quand j'ai reçu le ballon quelque chose s'est passé en moi, quelque chose que je saurais pas expliquer. J'étais près de ma ligne de but, je sentais le vent et la pluie, et il y avait ces types qui me fonçaient dessus, qui voulaient ma mort. Alors j'ai pensé que cette fois je ne reculerais pas d'un pouce, que je ferais mon arrêt de volée et que je resterais sur place. Oui, quand j'ai reçu le ballon, je l'ai serré contre moi et je m'y suis accroché comme si c'était la chose à laquelle je tenais le plus au monde. Puis j'ai fermé les yeux et j'ai attendu la charge des bisons.

Cervelle

– Comment c'est arrivé ?

– Le truc idiot. Le chien dormait dans le garage. Je l'ai pas vu et en reculant je lui ai écrasé la tête.

– Quelle horreur. Ça devait être dégueulasse.

– Tu peux pas imaginer. Mais c'est pas ça le pire.

– C'est quoi ?

– Eh ben, quand j'ai vu les dégâts, j'étais tellement malade que je suis rentré à la maison boire un verre.

– Et alors ?

– Alors au bout d'un quart d'heure, je me suis dit qu'il fallait que je retourne au garage pour nettoyer.

– Et alors ?

– Alors là, je me suis retrouvé nez à nez avec tous les chats du quartier. Ils lui bouffaient la cervelle, au clébard.

Indien

Je t'ai déjà raconté l'histoire de ma tête d'Indien ? C'est une tête en bronze, tu vois, elle a appartenu à mon père, autrefois, à l'époque où c'était pas encore mon père. Cette tête il l'avait montée sur une lampe de chevet. Quand tu la tournais d'un côté, la lumière baissait, et de l'autre, évidemment, elle augmentait. Elle servait de rhéostat. Un jour, mon père, il l'a sciée et il me l'a donnée, cette tête. Et il m'a dit : « Cet Indien, fiston, il en a vu des vertes et des pas mûres. » Moi, bien sûr, par la suite je l'ai toujours gardée sur ma table de nuit. Et l'autre jour, j'étais au lit avec une fille et en plein machin elle me dit : « Je peux pas continuer. La tête, j'ai l'impression qu'elle me regarde, ça me coupe tout. Tourne-la de l'autre côté. » Alors moi, tu me connais, j'aime pas les histoires, j'ai fait ce qu'elle m'a dit. Tu me croiras pas : à mesure que je la tournais, eh bien, figure-toi que la lumière, elle, diminuait.

Eva

– T’as aucune morale. Dès qu’une fille te branche, c’est vrai, t’es capable de tout.

– T’exagères.

– Pas du tout. Si Eva Braun t’avait plu, je suis sûr que pour te la taper, t’aurais été foutu de te faire copain avec Hitler.

– Dis pas des choses comme ça.

– Je vais me gêner pour les dire !

– Déconne pas, pendant la guerre, mon vieux était collabo en Allemagne.

– Et alors ?

– Alors lui, il se l’est vraiment envoyée, Eva.

– Je peux pas le croire.

– Parole !

– Vous êtes vraiment une famille de dégueulasses.

– Tu peux pas dire ça. C’était la guerre. Moi, je le comprends mon vieux.

– Tu m’étonnes !

– Et tu me crois ?

– C’était du flan ?

– Non mais t’imagines mon père en train de faire

Hitler cocu, lui qui après trente ans de mariage garde encore ses chaussettes et son slip au lit ?

– Le problème avec toi, c'est qu'on sait jamais quand tu déconnes.

Jockey Club

Qu'est-ce que tu voulais que je fasse ? Le gosse était paniqué. Il n'avait même pas le permis et il a embouti ma calandre avec la voiture qu'il avait piquée à son père. Je lui ai dit de pas s'inquiéter et de m'amener chez son paternel pour qu'on s'arrange à l'amiable, sans faire d'histoires. Quand on est arrivés, le vieux, un colosse, était en train de dérouiller son chien que ça en faisait de la peine. La bête rampait à ses pieds et lui il continuait de cogner dessus comme un sourd. Quand il nous voit, il s'arrête et hurle à son fils : « Nom de Dieu, je t'ai déjà dit de ne pas ramener de copains à la maison. » Puis, en me fixant : « Toi, tu as intérêt à dégager la piste. » Pour gagner du temps, je dis : « Je suis venu parler. » À ce moment-là, le forcené se tourne vers son clebs et je l'entends crier : « Attaaaque ! » Tu me croiras pas, mais l'autre bâtard que je croyais à moitié mort, il s'est redressé comme un seul homme et je l'ai vu foncer sur moi. J'ai à peine eu le temps de sauter dans la voiture.

– T'as pas essayé de téléphoner au vieux, après coup ?

– Si, et à chaque fois que ça décrochait, j'entendais une voix d'ivrogne qui gueulait dans l'appareil : « Ici le Jockey Club, j'écoute ! »

Kamikazes

Je sais bien que c'est un hasard, mais mes trois dernières voitures je les ai vendues à des Japonais. Il faut que je te dise une chose : quand je vends une voiture, moi, ça veut dire que j'y ai déjà rafistolé cinq fois le moteur, qu'on voit la route à travers le plancher et que sur les pneus y a même plus assez de gomme pour tailler des chaussons de danse. Alors quand je vois ces kamikazes qui, après avoir pratiquement traversé toute la terre, achètent mes bagnoles, eux, les seigneurs de la guerre, eux les vainqueurs de Pearl Harbor, tu peux pas savoir le bien que ça me fait de les enfler, les citrons.

Trente ans

Il arrive un moment où ça sert à rien de parler ou d'essayer de s'expliquer. Parce que ce sont toujours les mêmes reproches, les mêmes litanies qui ressortent. Alors moi je dis qu'il vaut mieux supporter, et se taire. Toi, tu fais ce que tu veux, tu peux raconter ce qui te passe par la tête, je ne répondrai pas. C'est pas au bout de trente ans qu'on a passés avec quelqu'un que les choses peuvent s'arranger. Au bout de trente ans, il faut partir ou la fermer.

Une fois

Tu me demandes ce que je voudrais ? Ce que j'attends de toi ? Qu'au moins une fois, dans notre vie, tu te comportes comme un être humain.

Sœur

Je l'ai reconnu tout de suite, le boucher. Tu penses, ce gars-là, il a vécu un an avec ma sœur quand elle était plus jeune. C'est pas des choses qui s'oublient, quand même. Alors je lui dis, au boucher, je suis le frère à ma sœur, et tout ça. Y me répond : « Elle me dit rien ta tête. » Alors moi, je me démonte pas, j'ajoute : C'était en telle année, rue machin, vous habitiez à l'entresol, à l'époque tu portais toujours une gapette, enfin tous les détails, quoi. Y bronche pas et y grogne à nouveau : « Elle me dit rien ta tête. » Là, je commence à l'avoir mauvaise. « Des fois même que tu ramenais à ma mère des morceaux de barbaque que tu rabotais à ton patron », j'y fais. Lui, imperturbable : « Elle me dit rien ta tête. » Alors j'ai laissé tomber. « Donne-moi deux cents grammes de viande », je lui demande.

– Dans quoi je te la coupe ?

– Dans la mauvaise foi.

Moustache

– Tu t'es rasé la moustache !

– Exact.

– Quand tu es rentré, j'ai trouvé que tu avais quelque chose de changé dans le visage, mais je ne savais pas quoi.

– Qu'est-ce que tu en penses ?

– Ça te rajeunit. Mais ça te grossit le nez, aussi.

– Ça me grossit le nez ?

– Je ne sais pas, il ressort plus, on le voit davantage, quoi.

– Et de profil ?

– De profil, tu ressembles à ton père.

– Je savais que je faisais une connerie en la rasant.

– Alors pourquoi tu l'as fait ?

– Je sais pas, moi, pour changer.

– Et ta femme, qu'est-ce qu'elle en dit ?

– Ma femme, je l'emmerde.

URSS

Ce soir-là, quand mon père rentra du travail, il avait un visage défait. Il venait d'apprendre que l'URSS n'existait plus. Pendant un moment, il marcha de long en large dans la cuisine, puis décrocha le cadre contenant le portrait de Lénine, le rangea dans un tiroir du buffet avant de déchirer sa carte du parti communiste. Bien qu'il fît encore jour, sans même dîner, sans prononcer une parole, il partit se coucher. Vers trois heures du matin, j'entendis du bruit dans la cuisine. Je me levai et découvris mon père attablé devant une énorme boîte de choucroute fumante. Le portrait de Lénine avait repris sa place au mur, la carte du PC, recollée, luisait sous une pellicule d'adhésif et sur la porte du frigo était rageusement peinte une énorme étoile rouge. Ce n'est que le lendemain matin, en allant chercher le courrier, que je découvris ce que, pendant la nuit, mon père avait inscrit, en capitales, sur notre boîte aux lettres : « AMBASSADE D'URSS. »

Hydrocarbure

J'ai employé la matinée à préparer ma tondeuse à gazon pour la première coupe de la saison. J'ai mis en place une nouvelle lame, graissé les rotules, changé l'huile et réglé la hauteur du tablier. L'air était clair, propre, et le vert naissant des arbres semblait adhérer au blanc du ciel comme des brins d'herbe sur un drap humide. J'ai lancé le moteur quatre temps qui a aussitôt craché son épaisse fumée bleue. Cette mauvaise odeur d'hydrocarbure qui venait du fin fond de l'hiver, qui avait stagné dans les cylindres pendant des mois, me chatouillait le nez et me rappelait à sa manière que le printemps était bien là.

Fourrure

– J'aimerais acheter un manteau de fourrure. De la fausse, bien sûr.

– Ça t'irait pas.

– Et pourquoi ça m'irait pas ?

– T'es trop petite, ça va te tasser.

– Je suis pas du tout petite !

– Bon, t'es moyenne mais ça va quand même te tasser. Et puis t'aurais l'air de quoi en arrivant à l'usine avec ta fourrure ?

– J'en ai rien à faire de l'usine et de ce que tu penses !

– Alors va l'acheter, ton manteau.

– Parfaitement, je vais l'acheter et ça m'ira aussi bien qu'à une autre.

– Vas-y ! Qu'est-ce que t'attends, là, à tourner ?

– Je réfléchis à la couleur.

– Prends-le couleur merde, ça va avec tout.

– T'es vraiment un pauvre type ! Ma mère m'avait dit de me méfier des ouvriers et de leur sale esprit. Elle avait drôlement raison.

– Ouais, surtout qu'elle, elle sortait de la cuisse à Jupiter.

– Jupiter ou pas, elle t'avait drôlement bien jugé.

– Bon, va acheter ta peau de lapin et fous-moi la paix.

– Parfaitement j'y vais. Et si ça te plaît pas, ça plaira à d'autres.

– Oublie pas mes conseils sur la couleur.

– Pauvre type !

– N'empêche, c'est vrai, ça va avec tout.

Crise

Vers la fin, mon frère avait des crises de démence terribles. Il menaçait mon père avec des couteaux et frappait ma mère quand il se retrouvait seul avec elle. Comme il était malade, personne n'osait rien lui dire. Alors, à l'issue d'une soirée particulièrement éprouvante au cours de laquelle il s'était montré encore plus effrayant et dangereux que d'habitude, je suis monté jusqu'à sa chambre, et pendant qu'il dormait je l'ai étranglé de mes propres mains.

Vase

Je voudrais tant croire que tout finira bien. Mais je ne vois pas pourquoi les choses s'arrangeraient. Il y a si longtemps qu'on a perdu pied tous les deux et qu'on s'enfonce dans la vase. Je sais que tu détestes que je dise des choses pareilles. Mais moi, de parler comme ça, ça me fait du bien. Parce que, autrement, rester assis dans cette pénombre, en face de toi, à écouter le bruit des tuyauteries du chauffage central en attendant de monter se coucher, ça m'angoisse.

Table

DU MÊME AUTEUR

Compte rendu analytique
d'un sentiment désordonné
Fleuve noir, 1984

Éloge du gaucher
Robert Laffont, 1987

Tous les matins je me lève
Robert Laffont, 1988
et « Points », n° P118

Maria est morte
Robert Laffont, 1989
et « Points », n° P1486

Les poissons me regardent
Robert Laffont, 1990
et « Points », n° P854

Vous aurez de mes nouvelles
Grand Prix de l'humour noir
Robert Laffont, 1991
et « Points », n° P1487

Une année sous silence
Robert Laffont, 1992
et « Points », n° P1379

Prends soin de moi
Robert Laffont, 1993
et « Points », n° P315

La vie me fait peur
Seuil, 1994
et « Points », n° P188

Kennedy et moi
prix France Télévision
Seuil, 1996
et « Points », n° P409

L'Amérique m'inquiète
« Petite Bibliothèque de l'Olivier », n° 35, 1996

Je pense à autre chose
L'Olivier, 1997
et « Points », n° P583

Si ce livre pouvait me rapprocher de toi
L'Olivier, 1999
et « Points », n° P724

Jusque-là tout allait bien en Amérique
L'Olivier, 2002
et « Petite Bibliothèque de l'Olivier », n° 58, 2003

Une vie française
prix Femina
prix du roman Fnac
L'Olivier, 2004
et « Points », n° P1378

Vous plaisantez, monsieur Tanner
L'Olivier, 2006

Hommes entre eux
L'Olivier, 2007

RÉALISATION : IGS-CHARENTE-PHOTOGRAVURE À L'ISLE-D'ESPAGNAC

GROUPE CPI

Achevé d'imprimer en janvier 2007
par **BUSSIÈRE**
à Saint-Amand-Montrond (Cher)
N° d'édition : 91978-2. - N° d'impression : 70046.
Dépôt légal : janvier 2007.
Imprimé en France